AF463150

Collection de M. S. A., de Téhéran

OBJETS D'ART
DE PERSE & DE SYRIE

OBJETS PROVENANT DE FOUILLES

Faïences, Porcelaines, Terres-cuites

BRONZES, CUIVRES, MARBRES

Manuscrits, Miniatures, Reliures

ASTROLABE PERSAN DU XVIIe SIÈCLE

VERRES IRISÉS

Étoffes, Soieries, Velours, Broderies

TISSUS IMPRIMÉS

DONT LA VENTE AURA LIEU

HOTEL DROUOT, SALLE N° 7

LE SAMEDI 28 DÉCEMBRE 1912

à deux heures

COMMISSAIRE-PRISEUR, Me G. FRANÇOIS
23, rue Le Peletier

EXPERT-ANTIQUAIRE, M. E.-D. PIGNATELLIS
6, 7 et 8, galerie Montpensier, Palais Royal

EXPOSITION PUBLIQUE

A l'Hôtel Drouot, le Vendredi 27 Décembre 1912, de 2 h. à 6 h.

CONDITIONS DE LA VENTE

Elle sera faite au comptant.

Les adjudicataires paieront *dix pour cent* en sus des enchères.

L'exposition mettant le public à même de se rendre compte de la nature et de l'état des objets mis en vente, aucune réclamation ne sera admise une fois l'adjudication prononcée.

L'Expert se réserve le droit de grouper ou de diviser certains numéros.

M. E.-D. Pignatellis remplira aux conditions d'usage les ordres des personnes qui ne pourront assister à la vente.

L'ordre des numéros du Catalogue pourra ne pas être suivi.

Paris. — Imp. de l'Art. Ch. Berger, 41, rue de la Victoire.

DESIGNATION

FAIENCES DE FOUILLES
DE PERSE ET DE SYRIE

1 — Deux bols Radzès émaillés à jour. XIIIe siècle. Bonne conservation.

2 — Deux bols émaillés Sultanabad : un grand bol turquoise avec inscription koufique en relief ; l'autre, petit, verdâtre, avec rayures bleues. XIVe siècle. Bonne conservation.

3 — Trois bols émaillés : un bleu foncé, à décor noir figurant un scorpion ; les deux autres jaunâtres, avec décors. XIIe et XIIIe siècles.

4 — Bol jaunâtre à reflet métallique, décoré de quatre oiseaux en bleu. XIVe siècle. Etat parfait. Haute curiosité.

5 — Grand vase-rouleau, bleu foncé. — Hauteur 29 cent.

6 — Deux bols émaillés : un en deux couleurs et à reflet métallique avec inscriptions koufiques à l'extérieur ; l'autre Radzès, fond blanc avec décors et inscriptions koufiques à l'intérieur et à l'extérieur.

7 — Bol et petit vase à anse, décor noir en relief sur fond bleu. Très belles pièces.

8 — Amphore émaillée blanc, décor et inscription koufique en relief. XIIIe siècle.

9 — Grand vase turquoise à anse surmontée d'une tête de coq. Pièce très décorative. — Hauteur, 37 cent. XIIIe siècle.

10 — Deux plats, décor bleu sur fond noir.

11 — Deux petits bols, beau décor bleu sur fond ocre. Bonne conservation.

12 — Deux grands bols : un bleu à décor noir, l'autre bleu à décor polychrome et irisations. Pièces intéressantes ; restaurées.

13 — Petit bol à reflet métallique, décoré d'un personnage tenant un oiseau de la main gauche. Très belle pièce.

14 — Deux petits bols Radzès, à personnages et oiseaux polychromes et inscriptions koufiques. Pièces restaurées.

15 — Grand bol, décor noir sur fond turquoise, avec inscriptions koufiques à l'intérieur et à l'extérieur et irisations. Très belle couleur.

16 — Vase turquoise à anse, surmontée d'une tête d'animal, avec inscription koufique et irisations.

17 — Beau plat à reflet métallique, beau décor. Sujets oiseaux. Très belle pièce.

18 — Vase avec anse à reflet métallique. Sujets trois personnages et animaux. Pièce restaurée.

19 — Très grand plat à reflet métallique. Sujets personnages et sphinx dans des médaillons. XIIIe siècle. Pièce restaurée.

20 — Grand et beau plat turquoise. XIVe siècle.

21 — Deux bols à reflet. Forme rare. Très beau décor. XIIIe siècle.

22 — Deux pièces : un bol turquoise irisé à décor noir et un vase turquoise à trois anses. XIVe siècle.

23 — Vase turquoise à jour, à anse. Très jolie forme. XIVe siècle.

24 — Grand plat à bordures travaillées, décor au milieu sujets fleurs et feuillages.

25 — Grand plat verdâtre Sultanabad, avec inscription koufique à l'intérieur.

26 — Deux bols : un grand et un petit, décor bleu sur fond noir.

27 — Bol bleu à reflet, avec inscription koufique à l'intérieur et à l'extérieur. XIIIe siècle.

28 — Deux bols : un grand à décor bleu sur fond noir et un petit à reflet avec inscription. XIIIe siècle.

29 — Bol Radzès, décor polychrome sur fond bleu turquoise. XIIIe siècle.

30 — Grand vase-rouleau émaillé, décor en relief. XIIIe siècle. Haut., 36 cent.

31 — Grand bol Radzès, décor sujets personnages polychromes, avec inscription koufique à l'extérieur. Pièce très restaurée. XIIIe siècle.

32 — Grand et beau bol, décor et inscription arabique en bleu sur fond noir. XIIIe siècle.

33 — Deux petits bols : un en deux couleurs, à reflet, et l'autre bleu indigo, avec décor et inscription koufique. XIIIe siècle.

34 — Grand vase à reflet, forme rare. Décor curieux sujets trois personnages. XIIIe siècle. Hauteur, 0 m. 42 cent.

35 — Vase à anse bleu indigo. XIVe siècle.

36 — Bol intact turquoise. Forme curieuse. XIVe siècle.

37 — Très grand bol à reflet en deux couleurs, décor sujets oiseaux. Très belle pièce. XIIIe siècle.

38 — Grand bol intact, décor bleu irisé sur fond noir. XIVe siècle.

39 — Très beau bol, beau décor polychrome, au milieu sujets oiseaux. Bonne conservation. XIIIe siècle.

40 — Très beau bol, beau décor polychrome, avec inscription koufique. XIIIe siècle.

41 — Timbale turquoise, décor noir en relief. Pièce curieuse. XIIIe siècle.

42 — Très beau vase à anse surmontée d'une tête d'animal, décor noir sur fond turquoise. XIIIe siècle.

43 — Deux bols : un grand émaillé avec irisations, décor sujet feuillage avec inscription sur fond noir, et un petit bol émaillé blanc. XIIIe siècle.

44 — Deux bols : un grand émaillé blanc irisé, décor et inscription koufique, et l'autre petit bleu émaillé, avec inscription koufique à jour. XIIIe siècle.

45 — Deux pièces : un grand bol émaillé blanc à irisations, décor et inscription, et un vase à anse émaillé jaunâtre. XIIIe siècle.

46 — Très beau bol émaillé, bleu indigo à l'intérieur et à l'extérieur. Pièce rare très intéressante. XIIIe siècle.

47 — Deux pièces : un bol turquoise, décor en relief à l'extérieur, et un vase à anse turquoise. XIIIe siècle.

48 — Bol profond, bleu indigo à l'intérieur et à l'extérieur. XIIIe siècle.

49 — Très grand plat émaillé en trois couleurs. A l'extérieur, bleu indigo. XIVe siècle.

50 — Assiette émaillée avec irisations, décor sujet personnage.

51 — Deux vases à anse terre-cuite, décor sujets fleurs et poissons. XIIe siècle.

52 — Bol émaillé à l'intérieur, en trois couleurs. XVe siècle.

53 — Plateau à reflet en deux couleurs, à l'extérieur bleu. Pièce restaurée. XIIIe siècle.

54 — Deux vases à anse, terre-cuite ; un vase, avec inscription koufique en relief, et l'autre vase, décor sujets oiseaux en relief. XIIe siècle.

55 — Vase à anse, décor bleu sur fond blanc. XIIIe siècle.

56 — Deux vases à anse, terre-cuite : un vase, décor sujets lapins en relief, et l'autre vase, décor varié en relief.

57 — Grand bol à reflet, décor sujets sphinx et animaux dans des médaillons. Belle pièce. XIIIe siècle.

58 — Grand bol profond, décor sujets animaux et personnages en relief. Pièce rare très intéressante. XIIIe siècle.

59 — Deux pièces : un grand bol irisé, décor noir sur fond turquoise, et un vase à anse turquoise. XIIIe et XIVe siècles.

60 — Deux pièces émaillées : un bol vert, décor gravé, et un vase à anse turquoise, décor gravé. Pièces restaurées. XIVe siècle.

61 — Trois pièces : un grand carreau turquoise irisé avec inscription arabique, un bol turquoise, décor noir, et un vase à anse verdâtre. XIVe siècle.

62 — Deux pièces : un grand bol, décor noir sur fond bleu, XIVe siècle, et un fragment de bol Radzès, XIIIe siècle.

63 — Un lot de six petites pièces de faïence.

64 — Un lot de six petites pièces de faïence.

65 — Deux pièces : une fruitière, décor et inscription bleus sur fond noir, et un vase à reflet, décor sujets oiseaux. XIIIe siècle.

66 — Trois petits bols : deux en bleu et noir et l'autre bol à reflet.

67 — Quatre pièces de faïence : deux bols, une lampe et un vase.

67 A — Deux vases RAKKA bleus irisés, à deux anses. Belles pièces décoratives.

67 B — Très grand vase RAKKA bleu bien irisé, à trois anses. Pièce restaurée.

67 C — Deux vases bleus, dont un vase irisé, à deux anses, est restauré.

67 D — Brik (œnochöe arabe) à anse bleu irisé.

67 E — Encrier RAKKA bleu irisé. Pièce restaurée.

67 F — Trois bols à reflets, dont un bol avec inscriptions. Pièces restaurées.

67 G — Sept vases émaillés rouges, de différentes formes, de l'époque romaine.

67 H — Deux vases en terre cuite. Formes rares.

67 J — Trois plats émaillés.

67 K — Vase et plateau émaillés rouges. Romains.

BRONZES

CUIVRES ET MARBRES

68 — Chandelier en bronze incrusté argent. Hauteur, o m. 26. XVIIe siècle. Très belle pièce.

69 — Seau en bronze. Pièce intéressante.

70 — Mortier en bronze incrusté or, avec inscription koufique et décor sujets personnages représentant plusieurs rois et leurs suites.

71 — Deux vases en bronze, belles pièces.

72 — ASTROLABE PERSAN. Instrument pour mesurer la position des astres et leur hauteur au-dessus de l'horizon. Belle et rare pièce en bronze, datée 1095 (1677).

73 — Brûle-parfum arabe en cuivre, à trois pieds.

74 — Grand vase en cuivre, avec inscription arabe. XVIIe siècle.

75 — Grand vase en cuivre, avec inscription arabe étamé. XVIIIe siècle.

76 — Brûle-parfum arabe en cuivre.

77 — Quatre petites anses, représentant des têtes de lion. Pièces romaines de fouilles.

77 A — Deux grandes anses, représentant des têtes de lion. Pièces romaines de fouilles.

77 B — Main en bronze. Grandeur naturelle. Pièce romaine de fouilles.

77 C — Fragments de trépied en bronze, de l'époque romaine, provenant de fouilles.

77 D — Belle tête d'Hercule antique, en marbre, coiffée de la peau de lion. Pièce grecque de fouilles. IIIe siècle av. J.-C. Grandeur naturelle.

77 E — Deux têtes en marbre, grandeur naturelle, provenant de fouilles. Mauvais état.

77 F — Un lot de marbres et terres cuites, provenant de fouilles. (Ce lot sera divisé.)

77 G — Deux mortiers en albâtre. Belles pièces.

77 H — Très belle tête de femme, antique, avec très intéressante coiffure de l'époque grecque, provenant de fouilles. IIIe siècle av. J.-C. Grandeur presque naturelle.

77 I — Petit torse de Vénus, antique, en marbre, adossée sur colonne, ornée de feuillage en relief. Fragment d'un groupe provenant de fouilles. Hauteur, 27 cent. IIe siècle av. J.-C. Très intéressante pièce.

POTICHES, MINIATURES
MANUSCRITS, LAQUES

78 — Un lot de grandes et de petites potiches persanes, décors variés. Belles pièces. (Ce lot sera divisé.)

79 — Un lot de vingt-cinq miniatures persanes encadrées. (Ce lot sera divisé.)

80 — Un lot de sept miniatures persanes encadrées. (Ce lot sera divisé.)

81 — Manuscrit persan, avec quatre miniatures. XVIIIe siècle.

82 — Manuscrit persan, avec cinq miniatures. XVIIIe siècle.

83 — Manuscrit persan, avec cinq miniatures.

84 — Manuscrit persan, avec trois miniatures.

84 *bis* — Trois peintures persanes sur toile.

85 — Miroir persan laqué, à l'extérieur décor sujets fleurs et oiseaux, à l'intérieur, sujets personnages. Belle pièce.

86 — Deux reliures.

86 *bis* — Une reliure.

87 — Deux petits miroirs laqués.

88 — Un lot de quatre pièces : un miroir, un porte-peigne, une boîte à cigarettes et un plumier laqué.

89 — Trois pièces : un grand plumier laqué, un calendrier persan ancien et un écriteau persan.

VERRES IRISÉS, CYLINDRES
COLLIERS, TABLETTES

89 A à 89 L — Un lot de onze verres irisés provenant de fouilles en Syrie. Belles formes et irisations. (Ce lot sera divisé.)

89 M à 89 R — Un lot de six verres irisés de Syrie. Très belles pièces de différentes formes.. (Ce lot sera divisé.)

89 S — Un lot de cinq cylindres assyriens.

89 T — Un lot de quatre colliers.

89 U — Un lot de vingt-cinq tablettes, avec empreintes.

VELOURS

SOIERIES, ÉTOFFES, BRODERIES

TISSUS IMPRIMÉS

90 — Une paire de rideaux en velours KACHAN, — 2 mètres sur 1 m. 45 cent. Rosaces multicolores sur fond rouge. XVIIIe siècle.

91 — Une paire de tapis en velours KACHAN. — 1 m. 70 cent. sur 1 m. 25 cent. Décor multicolore sur fond rouge.

92 — Tapis CACHEMIRE. — 2 m. 25 cent. sur 1 m. 40 cent. Décor multicolore sur fond crême.

93 — Tapis en velours KACHAN. — 1 m. 50 cent. sur 1 m. 20 cent. Décor multicolore sur fond rouge foncé.

94 — Tapis en velours BOUCHACHA. Beau et intéressant décor multicolore.

95 — Tapis CACHEMIRE en laine multicolore. — 1 m. 65 cent. sur 1 m. 50 cent.

96 — Deux morceaux : un en velours et un en soie.

97 — Un morceau de soie très intéressant.

98 — Deux Bocktchés anciens en velours et soie.

99 — Deux soieries anciennes, un gilet persan et un Bocktché.

100 — Deux Bocktchés anciens en velours et soie.

101 — Tapis de table ancien en soie.

102 — Quatre petits morceaux anciens, deux gilets persans et deux velours.

103 — Tapis de table ancien en soie. Belle pièce doublée.

104 — Deux pièces anciennes, un tapis de table et Bocktché.

105 — Tapis de table ancien en velours Kachan. Décor intéressant rouge sur fond doré.

106 — Deux boléros de dame anciens, rouge et crème. Dessin de la doublure très rare.

107 — Deux Bocktchés anciens en soie et dorés.

108 — Trois Bocktchés anciens en soie.

109 — Un lot de broderies persanes, en coton et soie écrue, faites à la main. Tapis de table, chemins de table, services de table, sous-plats, sous-coupes, carrés, etc. (Ce lot sera divisé.)

110 — Quatre très grands rideaux en tissu imprimé. Travail Ispahan.

111 — Huit rideaux en tissu imprimé. Ispahan.

112 — Sept rideaux en tissu imprimé. Ispahan. Grandeur moyenne.

113 — Deux pièces en tissu imprimé de Chiraz.

114 — Lot de vingt-trois pièces : tapis de table en tissu imprimé. Ispahan. (Ce lot sera divisé.)

TAPIS PERSANS

115 — Tapis laine de Chiraz. — 1 m. 95 cent. sur 1 m. 25 cent.

116 — Tapis laine en deux faces. Pièce ancienne Schodjiadé. — 1. m. 90 cent. sur 1 m. 30 cent.

117 — Tapis en laine. Couverture de cheval.

118 — Tapis en laine Schodjiadé. — 1 m. [illegible] cent. sur 1 m. 30 cent.

119 — Tapis en laine Galerie. — 2 m. 50 cent. sur 1 mètre.

120 — Tapis en laine de canapé.

121 — Petit tapis en laine, de prière. Beau décor.

122 — Deux petits tapis en laine de fauteuil.

123 — Deux petits tapis en laine de fauteuil.

124 — Trois tapis en laine Schodjiadé à double face. (Ce lot sera divisé.)

125 — Tapis-sac.

126 — Deux petites carpettes.

127 — Grand tapis d'Orient.

128 — Objets omis.

RED. :

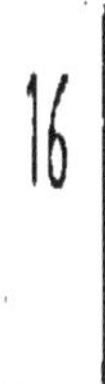
16

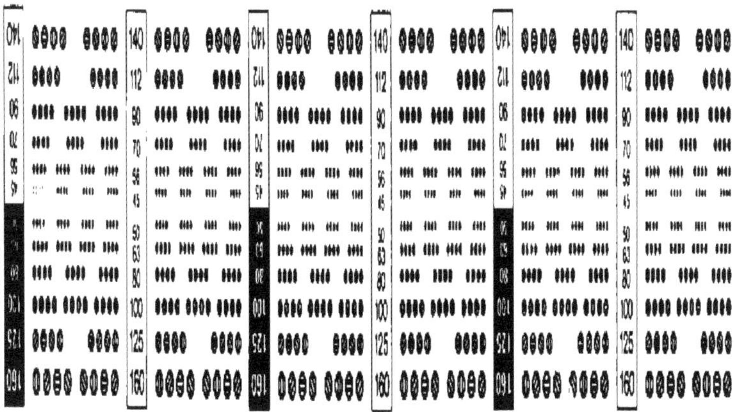

0 1 2 3 4 5 6 7 8 9 10

www.ingramcontent.com/pod-product-compliance
Ingram Content Group UK Ltd.
Pitfield, Milton Keynes, MK11 3LW, UK
UKHW020234180726
13838UKWH00005B/2376

9 782329 311333